RICORDI DAL PASSATO

Le verità sepolte nell'orfanotrofio degli orrori

Vincenzo Bello

LO STRANO INCONTRO

Era una giornata grigia, come se il cielo stesso piangesse. L'Arno rigonfio scorreva sussurrando i suoi segreti nel tardo pomeriggio. Sofia si trovava di fronte all'edificio che aveva scelto di dimenticare per così tanto tempo. Non sapeva perché fosse proprio lì quel giorno mentre rientrava a casa. La pioggerellina insistente bagnava le sue spalle e faceva increspature sulle pozzanghere ai suoi piedi. I capelli castani di Sofia erano appiccicati al viso e i suoi occhiali spessi erano bagnati a tal punto da farle preferire la miopia di cui soffriva. Camminava con un passo incerto, le gambe un po' tremolanti. Malgrado fosse ormai una adolescente matura, portava ancora con sé l'ombra dei suoi anni nell'orfanotrofio.

Dall'altro lato della strada Luca, invece, sembrava essere immerso in un mondo tutto suo. Berretto rosso e cuffie avvolgenti, dalle quali si riusciva a percepire una musica assordante. Alto e snodato, camminava con passo insicuro, la pioggia scivolava via dalla sua giacca di pelle nera come se non osasse bagnarlo. I suoi capelli neri che fuoriuscivano dal berretto erano leggermente spettinati e gli occhi azzurri brillavano di una determinazione intensa. La sua chitarra, fedele compagna di avventure, era appesa alla schiena come un'estensione di se stesso.

Si erano già incontrati casualmente in quella grigia giornata durante una mostra d'arte in un famoso museo. Sofia, che amava la pittura, si era fermata davanti ai quadri esposti e Luca, attirato dal suo sguardo assorto, si era avvicinato con un commento banale. Si erano lasciati senza scambiarsi ne il numero ne tanto meno i contatti social. Luca aveva dato la colpa alla sua timidezza e insicurezza e si era ripromesso che ci avrebbe lavorato, prima o poi. Ora, mentre camminavano sotto la pioggia, si ritrovavano davanti all'orfanotrofio "Ospedale degli Innocenti", un edificio abbandonato circondato da una cancellata arrugginita. Era il luogo dei loro incubi d'infanzia, una casa che aveva custodito i loro segreti e le loro paure fino al giorno dell'adozione. Nessuno dei due però aveva idea del trascorso in comune in quanto era avvenuto in epoche diverse.

Sofia non poteva fare a meno di guardare l'edificio con occhi pieni di ricordi dolorosi. Quella era stata la sua casa, ma anche la sua prigione. Le cicatrici invisibili nella sua anima erano ancora vive e profonde. I loro sguardi si incrociarono ancora una volta in quella giornata piovosa. Luca riconobbe quella splendida ragazza e si avvicinò in un lampo. Era il momento di affrontare le sue insicurezze e non farsi scappare nuovamente l'occasione di dirle qualcosa di intelligente, almeno questa volta.

Anche lui aveva vissuto l'inferno in quell'orfanotrofio. L'incendio che lo aveva distrutto anni prima era stato un evento traumatico che lo aveva segnato nel profondo, ma che allo stesso tempo lo aveva liberato. Entrambi avevano perso ogni traccia del loro passato, fino a quel fatale incontro nella mostra d'arte e adesso, in quel luogo insignificante per molti, ma non per tutti.

Sofia si fermò davanti all'edificio senza un reale motivo, il cuore battente nel petto. Ogni goccia di pioggia sembrava un piccolo pugno contro la sua pelle, ma lei era immobile, catturata da un turbine di emozioni che la travolgeva. Era come se il cielo stesso condividesse la sua inquietudine, lasciando cadere lacrime per i giorni bui passati in quell'orfanotrofio. La sua mente ritornò a quegli anni, a quando era solo una bambina con i capelli incolti e gli occhi grandi pieni di innocenza. Aveva vissuto lì gran parte della sua giovinezza, in quella che un tempo aveva considerato una casa. Ma l'Ospedale degli Innocenti era ben più di un semplice orfanotrofio; era una tenebrosa prigione per i suoi ricordi.

Luca, giunto ormai accanto a lei, sembrava avere un'aria di sfida nel suo sguardo che celava la sua timidezza. La pioggia scorreva via dalla sua giacca di pelle come se l'avesse respinta e la chitarra che portava sulla schiena era come una spada pronta a essere sguainata nella battaglia per superare la sua insicurezza.

"Quella... venere di Battistelli era molto bella vero?" disse.
"Botticelli" tuonò, "e usare la parola bella è davvero riduttivo e insignificante rispetto alla delicatezza, alla perfezione anatomica e al simbolismo celato dietro quel dipinto. Mi chiedo cosa ci facevi agli Uffizi se non sai nulla di arte".

In qualunque altro momento della sua vita, Luca avrebbe incassato e, coda tra le gambe, sarebbe fuggito via con un colorito che sarebbe stato una tonalità variabile tra aragosta, ciliegia e pomodoro. Invece scoppiò in una incontenibile risata che illuminò il suo volto con uno splendido sorriso. Si guardarono negli occhi, come se avessero appena scoperto una inaspettata connessione. Era come se il fato avesse deciso di unire due anime affini, ma così tanto diverse, in quella strana circostanza. Iniziarono una piacevole conversazione fino alla scoperta del passato in comune in quell'edificio a pochi passi da loro. Improvvisamente c'era tristezza e dolore negli occhi di Sofia. Luca, consapevole delle emozioni contrastanti che la tormentavano, le prese la mano con delicatezza, cercando di trasmetterle un po' di coraggio. Avevano entrambi attraversato l'inferno in quell'orfanotrofio, condividendo incubi e angosce, anche se Sofia era stata adottata prima e non aveva dovuto respirare i fumi dell'incendio in quella notte maledetta.

L'edificio, con la sua facciata grigia e decadente, sembrava quasi sussurrare i loro nomi, richiamandoli indietro in un passato oscuro e misterioso. Le loro vite erano intrinsecamente legate a quel luogo. Quel buco nella rete di recinzione esterna non l'avrebbero forse mai notato, se non fossero stati proprio li, proprio in quel momento, proprio insieme. Così forse per gioco o forse più probabilmente per dare ascolto ad un richiamo inconscio che entrambi sentivano nel profondo, presero la decisione più strana e inaspettata della giornata e forse della vita. La pioggia persisteva mentre Sofia e Luca si trovavano davanti all'edificio ormai familiare. Era come se il tempo si fosse fermato e loro si ritrovassero catapultati indietro nel passato. La facciata grigia dell'orfanotrofio sembrava una tela su cui erano dipinti i loro incubi d'infanzia.

Mentre Sofia fissava l'edificio con occhi pieni di ricordi e paura, Luca notò l'espressione sul suo volto e si preoccupò per lei. Le prese delicatamente il braccio e disse: "Sofia, stai bene? Possiamo tornare indietro se non voi entrare". Sofia gli lanciò uno sguardo grato, ma scosse la testa con risolutezza. Voleva affrontare il passato, di scoprire cosa si nascondesse dietro quei muri che avevano tenuto prigionieri i loro segreti per troppo tempo e forse di portare alla luce qualcosa di mostruoso che avevano taciuto per paura di ritorsioni o semplicemente per paura di sprofondare nuovamente nel baratro. Si avvicinarono alla cancellata arrugginita e attraversarono la crepa nella recinzione. Si ritrovarono con i piedi nel terreno fradicio e abbandonato che un tempo era stato il giardino dove giocavano e avevano il contatto col mondo esterno.

Si avvicinarono all'edificio e con una grossa pietra Luca ruppe il vetro della finestra laterale senza inferriate. "Prima le signore" disse offrendo il suo ginocchio e le mani giunte per farle da appoggio. Sofia rispose col dito medio alzato ed un sorriso tutt'altro che felice, ma usò la scaletta umana e saltò dentro. Luca era alto e atletico e con un salto afferrò il davanzale e si tirò su facendo attenzione ai pezzi di vetro rotti e taglienti.

L'EDIFICIO
ABBANDONATO

L'atmosfera dentro l'edificio era pesante e carica di mistero. Un tanfo di umido e chiuso pervase le loro narici. Iniziarono a camminare e cercare qualcosa che potesse provare al mondo gli orrori nascosti delle loro infanzie. I corridoi sembravano infiniti e le stanze oscure emanavano un'aura inquietante. Ogni passo che facevano risuonava nell'aria, creando un eco spettrale. Mentre esploravano l'orfanotrofio, Sofia e Luca cominciarono a condividere i loro ricordi. Ricordi di notti insonni passate in stanze gelide, di lamentele sommerse dai pianti dei bambini, di insegnanti che sembravano più carcerieri che educatori. E poi, quella che chiamavano "infermeria" che in realtà non era altro che una specie di laboratorio nascosto nelle profondità dell'edificio, da dove si usciva sempre addormentati e indolenziti su una sedia a rotelle .

Più camminavano, più sembrava che il loro incontro non era stato casuale. Avevano condiviso gli stessi incubi, avevano vissuto gli stessi orrori. Era come se il destino li avesse riuniti per una ragione più grande.

"Non sono mai riuscito a ricordare in modo chiaro cosa mi facevano nell'infermeria. C'erano notti in cui io stavo bene e dormivo in camera mia e nonostante ciò, venivano comunque a prendermi e portarmi li sotto. E poi non ricordo altro; mi svegliavo per la colazione, ma non ricordavo più nulla". Con occhi spalancati, come se avesse appena visto un fantasma, Sofia rispose: "Succedeva anche a me e alle mie compagne di stanza;

cosa ci hanno fatto Luca?".

In una delle stanze abbandonate e distrutte dall'incendio, Sofia notò una porta bruciata e nera. Era sempre stata nascosta da un drappo rosso e dei vasi enormi ormai bruciati e distrutti anch'essi. Era una scoperta inaspettata. Conoscevano bene le aree che gli permettevano di attraversare; le attività erano per lo più organizzate in agende quotidiane e non avevano modo di sfuggire ai controlli degli educatori, insegnanti ed infermieri. Con un po'di fatica, riuscirono ad aprire la porta, che fortunatamente girò sui cardini nonostante il legno fosse bruciato in più punti. Una stanza nascosta e perfettamente conservata si aprì davanti ai loro occhi. Era piccola, quadrata e senza finestre; arredata da scaffali di acciaio, schedari e un tavolino di legno bianco che sembrava stonare con tutto il resto del colorito dell'orfanotrofio. All'interno trovarono documenti vecchi e ingialliti, fotografie sbiadite e registri ordinato in senso alfabetico. Era evidente che quel luogo conteneva informazioni cruciali sul passato dell'orfanotrofio e sulle persone coinvolte nei loro anni di tormento. Ma perché renderla così nascosta?

"Questi documenti potrebbero essere la chiave per svelare la verità e trovare gli altri bambini che conoscevamo", disse Luca con una voce carica di emozione. Sofia annuì e insieme cominciarono a esaminare attentamente i documenti, sperando di trovare indizi che li avrebbero condotti alle risposte per le domande che ancora non si erano del tutto formulate nelle loro menti. Sentivano entrambi che si stavano avvicinando a qualcosa di grande e misterioso.

All'interno dell'archivio segreto, Sofia e Luca erano immersi nella storia nascosta dell'Ospedale degli Innocenti. I documenti riportavano i dati e le schede di coloro che erano cresciuti nell'orfanotrofio insieme a loro. Le fotografie sbiadite ritraevano volti di giovani adolescenti e di bambini, alcuni dei quali erano riconoscibili mentre altri sembravano ormai estranei. Sofia prese una vecchia fotografia di un gruppo di bambine in uniforme grigia, tutti con gli occhi spalancati e sguardi che rivelavano una profonda tristezza. Poi, notò una foto di se stessa da bambina, con una delle suore infermiere che l'aveva cresciuta. Il ricordo di quella suora, con le mani sempre fredde e il sorriso malevolo, le fece scendere un brivido lungo la schiena. Era la prima volta che vedeva qualcuno degli orfani di sesso opposto. L'orfanotrofio era diviso e separato per maschi e femmine. Non avevano mai avuto nessun tipo di contatto, se non nei sotterranei, nell'infermeria.

Luca intanto stava esaminando uno schedario con dei registri strani e a tratti incomprensibili. Si elencavano degli strani protocolli sanitari e terapie condotte sui bambini. Sembrava che poi fossero stati ripetuti più volte sugli stessi bambini per annotare sviluppi e dettagli inquietanti sugli esiti di queste terapie. "Questo è terrificante," sussurrò Luca, stringendo i pugni. Un elenco completo di formule mistiche, rituali proibiti e qualcosa che aveva a che fare con una strana setta religiosa. Decisero di prendere tutti i documenti che avevano trovato. Era evidente che dovevano condurre ulteriori indagini per scoprire chi o cosa si nascondesse dietro agli esperimenti e ai misteri dell'orfanotrofio. Al centro della stanza, sul tavolino bianco, si intravedevano appena una serie di fogli da disegno, coperti da un panno sbiadito.

Ciò che trovarono lasciò entrambi senza fiato: una serie di disegni infantili, dettagliati e spaventosi, raffiguravano scene di torture e sofferenza. I tratti erano infantili, ma l'intensità delle immagini era inquietante. Un dettaglio che avevano in comune tutti i disegni era una rappresentazione della stanza dell'infermeria nel sotterraneo ed una figura misteriosa alta e scura, con gli occhi rosso fuoco accesi.

"Questi disegni..." sussurrò Sofia, gli occhi sbarrati di fronte alle immagini raccapriccianti.

"Era questo il nostro modo di elaborare gli orrori che abbiamo subito?" si chiese Luca ad alta voce.

PASSATO IN COMUNE

L'atmosfera in quel luogo sembrava carica di elettricità. Mentre uscivano dall'archivio, sentirono uno strano rumore provenire da un corridoio vicino. Era come il sibilo del vento, ma più sommesso e sinistro. Attesero con i cuori in gola per ascoltare in silenzio e capire cosa fosse stato. Nulla.

Gli orrori dell'orfanotrofio sembravano risalire alla superficie e la scoperta di quei disegni rafforzò la loro determinazione a scoprire la verità e far emergere giustizia per i loro anni di tormento. Era come se quei disegni fossero una finestra verso il passato, un passato oscuro e doloroso che non avrebbero potuto più ignorare.

Sofia e Luca uscirono dalla stanza dei disegni con il cuore ancora più pesante. Avevano ora una prova tangibile dei terribili eventi che avevano caratterizzato la loro infanzia. Ma erano decisi a svelare tutti i segreti celati nell'orfanotrofio e far emergere la verità. Mentre tornavano attraverso i corridoi bui e angusti, sentirono di nuovo il sibilo del vento. Si fermarono per ascoltare in attesa, come poco prima. Passi. Passi distinti e sempre più vicini. Si fermarono e si guardarono negli occhi pietrificati, cercando di capire l'origine di quei suoni.

"Chi può essere?" sussurrò Sofia, il suo respiro affannato e la voce tremolante.

"Non lo so, forse il guardiano dell'edificio" rispose Luca, stringendo la mano sulla sua chitarra come se fosse una spada affilata pronta a difenderli. Continuarono a seguire la via d'uscita, ma i passi si fecero sempre più veloci e sempre più vicini. Si affacciarono con cautela dentro ciò che rimaneva di una porta ed entrarono in una stanza carbonizzata. Cercarono un nascondiglio, ma una figura misteriosa, avvolta da ombre, li aveva ormai raggiunti e con voce potente disse: "Chi siete? Cosa ci fate qua dentro?"

"Chi sei tu?" chiese Luca con voce ferma e mano pronta sull'elsa della "spada" musicale di legno con le corde.

La figura si voltò lentamente verso di loro nella stanza e nel chiarore debole della luce, rivelò un volto anziano, con una barba ispida e occhi penetranti che davano quasi sul rosso rubino. Era vestito in modo elegante, alto e canuto; sembrava senza dubbio fuori luogo in quel luogo abbandonato.

"Mi scuso se vi ho spaventato" disse l'uomo anziano con un sorriso gentile. "Mi chiamo Marco Lanzoni. Insegno storia e filosofia all'università. Sono stato in questo orfanotrofio quando ero bambino e sono entrato di nascosto per cercare indizi sulla mia origine. Voi cosa ci fate in questo posto abbandonato?"

Sofia e Luca furono scioccati dalla rivelazione. Non avevano mai immaginato che potessero trovare qualcun altro che avesse vissuto la loro stessa esperienza e proprio nello stesso momento in cui anche loro, per caso, in quella giornata strana e piena di coincidenze, avevano deciso di curiosare nella struttura abbandonata.

"Anch'io sono cresciuto qui" disse Luca, avvicinandosi all'uomo anziano in modo cauto. "Che strana coincidenza, anche noi stiamo cercando delle informazioni. Chi ci assicura che possiamo fidarci di te? Hai delle informazioni che potrebbero aiutarci o ci stavi seguendo?"

"Ho cercato per anni di raccogliere prove sulle attività che si svolgevano qui dentro, ma la setta oscura che operava nell'ombra era molto abile a nascondere le tracce. Mi sono imbattuto in voi per caso, ma forse insieme possiamo fare luce su questa storia terribile".

Sofia si unì alla conversazione, mostrando i disegni raccapriccianti che avevano trovato. Il professor Lanzoni sembrò sorpreso e preoccupato quando li vide. "Questi disegni sono una testimonianza diretta delle sofferenze che abbiamo patito. Sono una prova fondamentale per smascherare i responsabili".

La conversazione si spinse ulteriormente su chi potesse essere dietro a tutto questo e il professor Lanzoni nominò ancora la "Setta oscura"; un'organizzazione segreta che aveva operato nell'orfanotrofio per decenni, conducendo esperimenti su bambini ignari. Ma la setta aveva lasciato poche tracce e aveva sempre agito nell'ombra, rendendo difficile smascherarla. Ne avrebbero fatto parte finti infermieri, medici ed educatori dell'orfanotrofio.

"Abbiamo bisogno di scoprire di più sulla setta oscura e sulle persone che ne facevano parte" disse Luca con determinazione.

"Vi aiuterò con tutte le informazioni che ho raccolto in questi anni" rispose il professor Lanzoni. "Ma dobbiamo procedere con cautela. Questa setta è pericolosa e disposta a tutto per proteggere i suoi segreti".

Così, Sofia, Luca e il professor Lanzoni si unirono per svelare i misteri dell'orfanotrofio e portare alla luce la verità. Non sapevano cosa li avrebbe attesi, ma erano determinati a portare giustizia a coloro che avevano sofferto e a smascherare la setta oscura una volta per tutte. Decisero di cominciare dalla raccolta di prove concrete. Il professor Lanzoni aveva accumulato nel corso degli anni documenti e registrazioni che indicavano l'esistenza della setta oscura, ma ora dovevano trovare ulteriori indizi per smascherarla definitivamente.

"Abbiamo bisogno di scavare a fondo nell'orfanotrofio dove questi esperimenti hanno avuto luogo" disse Sofia con un accenno di rabbia. "Contattiamo la polizia che ci darà sicuramente una mano".

"È rischioso" avvertì il professor Lanzoni mostrando una cicatrice sul braccio. "La setta ha infiltrati in ogni dove. Questa è opera di un agente di cui mi fidavo e a cui avevo rivelato le mie scoperte durante le indagini. Non sappiamo quanto siano ben protetti o chi sia ancora coinvolto nella loro organizzazione".

Luca annuì. "Ma dobbiamo farlo. Solo scoprendo la verità potremo mettere fine a tutto questo; potrebbero essere ancora attivi in chissà quale altro posto del mondo a compiere i loro maledetti esperimenti".

Il gruppo pianificò attentamente l'approccio delle ricerche. Decisero di iniziare con le aree sotterranee dell'orfanotrofio dove avvenivano gli esperimenti e le terapie. Mentre esploravano quelle stanze oscure e anguste, la tensione nell'aria era palpabile. Percorrendo i corridoi bui, sentirono il peso delle memorie e dei fantasmi del passato. Ogni passo sembrava riportarli indietro nel tempo, quando erano solo bambini terrorizzati. Presero la via per le scale che portavano ai sotterranei. Una insegna bruciata appena leggibile mostrava l'indicazione per l'infermeria.

"Mai avrei immaginato che conservassero queste prove" disse Luca, la voce carica di rabbia.

I SOTTERRANEI
DEGLI ORRORI

Giunti nell'area sotterranea, si trovarono letteralmente spaesati. Sembrava che quella zona non fosse mai stata nemmeno minimamente intaccata dall'incendio. Era lì che gli esperimenti erano stati condotti in segreto, in condizioni disumane, in quella che da bambini conoscevano come infermeria. I pavimenti erano puliti e lucidi, le pareti tinteggiate e senza macchie o aloni. Un lungo corridoio centrale e diverse porte chiuse e anonime disposte lungo le pareti laterali. In fondo un montacarichi con un pulsante ed una luce gialla che illuminava la parte finale di quell'ala sotterranea.

Parlando delle sue memorie riemerse, ricordò i dettagli di macchine misteriose, liquidi sinistri e di una stanza segreta in cui sembrava che il tempo si fermasse. Le loro vite erano sempre più intrecciate con il passato oscuro dell'orfanotrofio e il mistero si faceva sempre più fitto. Con cautela Luca abbassò la maniglia della prima porta. Una piccola stanza ordinata e pulita. Con i loro cellulari si facevano luce tra lettini, vetrine vuote e tavolini con sedie. Ma nulla di rilevante ai fini delle indagini e questo diventava sempre più strano. Nella seconda stanza invece trovarono un'agenda con degli appunti, dei nomi e parecchie pagine duplicate con gli stessi nomi e terapie ridondanti. Nell'ultima pagina si faceva un certo riferimento ad una stanza ulteriore al secondo piano sotterraneo.

"Strano" pensò Sofia, "c'è un altro piano sotterraneo qua

sotto". "Quella sala segreta deve essere qui da qualche parte" disse Luca. "Dobbiamo trovarla". Ogni corridoio e ogni stanza dell'orfanotrofio sembrava un potenziale nascondiglio per quella sala segreta ed ormai era notte fonda. Dopo ore di ricerca, finalmente trovarono un' anticamera nascosta dietro uno scaffale nella sala giochi dell'infermeria. Il professore spostò lo scaffale vuoto. Dietro era come una estensione nascosta della stanza in cui si trovava il gruppo. Quando entrarono, rimasero senza fiato. La sala segreta era un luogo sinistro e claustrofobico. Nulla a che vedere con le aree pulite ed ordinate in cui si trovavano poco prima. Sembrava di essere tornati al piano superiore dove il devastante incendio aveva distrutto tutto. Al centro, c'era un tavolo operatorio circondato da macchinari complessi, alcuni dei quali sembravano ancora in grado di funzionare. Il pavimento era macchiato di liquidi misteriosi e strumenti medici sconosciuti che facevano rabbrividire sparsi qua e la sui tavoli. I muri ricoperti di disegni, simili a quelli trovati precedentemente nell'archivio. Questi disegni erano ancora più dettagliati e raffiguravano simboli mistici e sconosciuti.

"Questi sono gli stessi disegni che abbiamo trovato prima" sussurrò Luca, sconvolto.

"Questo era il luogo degli esperimenti più orribili. Ma che genere di cose ci facevano qua sotto? Mi sta venendo la nausea. Ho come dei ricordi sbiaditi e mi fa male la testa". Sofia era diventata più bianca del solito e dei flash di memoria improvvisi le comprimevano le tempie dal dolore. Il professor Lanzoni prese uno dei documenti e lo lesse a voce alta. "Hanno cercato di sfruttare il potenziale nascosto nella nostra mente, di trasformarci in qualcosa di diverso, qualcosa di più potente". La scoperta della sala segreta e dei documenti scioccanti li aveva portati un passo più vicino alla verità, ma anche alla consapevolezza degli orrori che avevano subìto nell'orfanotrofio.

La Setta oscura aveva lasciato dietro di sé un passato oscuro e ora il gruppo era determinato a smascherarla e a mettere fine alla sua malefica influenza una volta per tutte. Una pesante porta in metallo con un maniglione antipanico al centro di una parete completamente vuota. Dalla feritoia in basso, una potente luce bianca stonava con tutto il resto del buio e destò dubbi e paure.

Con facilità la maniglia rossa di emergenza della porta si abbassò e lasciò che il gruppo entrasse in una zona illuminata con luci fredde e potenti. "Come è possibile che ci sia alimentazione elettrica qua sotto? Qualcuno usa ancora questi luoghi abbandonati".

"Ricordo una voce, una voce nell'ombra che ci diceva cosa fare," disse Luca con gli occhi persi nei ricordi. "Era come se qualcuno ci stesse controllando, manipolando le nostre azioni".

Sofia annuì, riflettendo sui propri ricordi. "Anche noi ragazze avevamo questa strana sensazione di essere osservate e controllate. Ma ora abbiamo la possibilità di scoprire chi o cosa si nasconde dietro tutto questo".

C'era un forte odore di formaldeide e disinfettante. Una serie di contenitori sofisticati disposti ed allineati in file erano collegati e tubi e cavi. Numerosi computer e macchinari collegati sembravano essere perfettamente in grado di funzionare e, anzi, a guardare la pulizia e l'ordine degli ambienti, dovevano di sicuro esserlo. Un urlo carico di terrore interruppe i pensieri del gruppo. Sofia, rannicchiata sul pavimento con gli occhi gonfi di lacrime e le le mani tremolati, era di fronte al primo di quei contenitori. Il gruppo si precipitò verso la ragazza che non riusciva a distogliere lo sguardo da ciò che l'aveva terrorizzata. "Sofia cosa succede? Stai bene?" chiese Luca preoccupato mentre le si avvicinava. Il professor Lanzoni invece, diventò bianco e si pietrificò davanti alla stessa visione che immobilizzava Sofia. Infine anche Luca rivolse lo sguardo verso quegli strani contenitori.

IL SEGRETO DEL LABORATORIO

Di fronte ai loro occhi una capsula metallica, collegata a dei cavi e dei tubi dove scorreva un liquido azzurro. Le linee curve, pulite ed eleganti del metallo avvolgevano un contenitore interno in materiale trasparente che consentiva agli osservatori di vedere al suo interno.

La pelle pallida e immacolata, senza alcuna imperfezione. Il corpo piccolo e delicato, i capelli, appena spuntati, quasi traslucidi sembravano emanare una luce tenue. Avvolto da uno strano liquido azzurro, l'ombelico era collegato ad un tubo che sembrava fuoriuscisse direttamente dalla capsula e proseguiva verso strani macchinari. Gli occhi del neonato erano chiusi, ma si poteva intravedere una sfumatura di colore attraverso le sottilissime palpebre, che sembrava anticipare il momento in cui avrebbe aperto gli occhi per la prima volta. Le sue piccolissime mani e i piedi, già completamente formati, pronti ad esplorare il mondo appena fuori dalla capsula. La calma ed il silenzio di quella immagine erano interrotti solamente dal lieve sibilo dei meccanismi che trasportavano fluido all'interno delle capsule. Una cartella con un modulo prestampato e compilato a penna recitava:

Copia numero: 29

Soggetto originale: Sofia Mancini

Capacità fisiche: guarigione istantanea, manipolazione acqua

Capacità psichiche: telepatia, controllo del tempo

Eliminazione dopo: 1250 giorni

Sofia era sconvolta. Quel neonato appena formato che galleggiava in quel liquido bluastro era già di per sé una devastante visione, ma ciò che la travolse maggiormente era il suo nome scritto su quella cartella. I pensieri turbinanti e rapidi pian piano si allineavano nella sua mente e stavano ormai diventando una serie di infinite domande. Sofia aveva sempre sentito che qualcosa in lei non fosse del tutto normale, ma adesso si sentiva tradita ed usata. La sua intera esistenza era stata un inganno, un esperimento genetico? Non aveva mai avuto un passato o una vera famiglia. Le emozioni si agitavano in lei, oscillando tra rabbia, dolore, confusione e rifiuto.

Il professor Lanzoni, altrettanto sconvolto, in silenzio aveva proseguito e stava guardando una per una le altre capsule. Si fermò davanti ad una di esse, apparentemente uguale alle altre.

Copia numero: 1758
Soggetto originale: Marco Lanzoni
Capacità fisiche: levitazione, super forza
Capacità psichiche: telecinesi, visione del futuro
Eliminazione dopo: 900 giorni

"Siamo dei cloni... degli esperimenti genetici per selezionare e migliorare delle capacità soprannaturali. Ci hanno ingannati fin da quando siamo nati; siamo stati creati all'interno di questo orfanotrofio dalla setta oscura per i loro maledetti scopi". Il professore era tra loro quello sicuramente più pragmatico e lucido, ma in cuor suo il conflitto interiore appena nato era come un buco nero che lo inghiottiva dall'interno. Si fece forza scrollandosi dalla testa tutti quei pensieri e prese in mano la situazione. "Ragazzi, ascoltatemi, dobbiamo andare avanti. Non la passeranno liscia. Porteremo alla luce questi orrori e faremo sapere al mondo intero cosa hanno fatto a centinaia di bambini, così fermeremo i responsabili di questi disgustosi esperimenti".

"Cosa vuol dire copia numero 29?" Sofia singhiozzante, non aveva sentito alcuna parola appena proferita dal professore. Era assente, anzi in un mondo orribile che riemergeva dal passato. "Io che numero sarei allora?"

Sofia era in preda ad una crisi di ansia e Luca si sedette per terra al suo fianco e le strinse la mano. "Sofia, questo non cambia nulla su chi siamo. Siamo ancora noi stessi, con i nostri pensieri, sentimenti e sogni. Siamo in grado di amare e volerci bene ed io ti voglio davvero un gran bene. Non dobbiamo permettere che questa scoperta definisca chi siamo. Non possiamo cambiare il passato, ma possiamo ancora decidere il nostro futuro. Non sei sola e non lo sarai mai più". Luca strinse a se Sofia che ricambiò l'abbraccio mentre scoppiava in lacrime.

Il professor Lanzoni sembrava invece assorto in una ricerca minuziosa. Continuava ad indagare e a fare foto col cellulare. Ad un tratto si arrestò di fronte all'ennesima capsula. "Ragazzi, dovete venire a vedere" la sua voce determinata fece trasalire Sofia. Luca la aiutò a sollevarsi ed insieme si riunirono al professore. "Guardate qua" ed indicò un foglio prestampato. Diversamente dagli altri, questo aveva una firma autografa ed il nome del medico responsabile dello spaventoso progetto... "Dottor Guzman Felix, responsabile progetto Bluebird; io lo conosco. Insegna biologia e genetica nella stessa università dove lavoro io; non riesco a credere che sia coinvolto in tutto questo orrore". Decisero di raccogliere ciò che potevano e fotografare tutto e andarsene per ora da quel luogo maledetto. Se qualcuno stava lavorando a quel progetto, non avrebbe tardato ad arrivare. L'orologio segnava le 6:04. Avevano trascorso l'ennesima notte in "infermeria", come succedeva tanti anni prima loro malgrado.

L'aria era umida, ma la pioggia si era fermata. Sotto il manto dorato dell'alba fiorentina, il gruppo finalmente poté respirare aria fresca. "Questo sole che sorge sembra un miracolo. È come se il mondo ci stesse dando il benvenuto dopo la nostra discesa nell'oscurità" disse Sofia con sguardo assorto. Era evidentemente provata e stanca, ma la vita le aveva già riservato un trattamento poco gentile nei suoi confronti. Era forte ed ora più che mai la sentiva questa forza dentro di sé. "Questo Felix e chiunque altro sia coinvolto… non devono passarla liscia! Voglio denunciare al mondo intero quello che ci hanno fatto".

"Calmati signorina, io la penso come te, ma dobbiamo stare attenti a come agire. Questa setta è molto potente a quanto ne so. Dobbiamo pensare ad un piano, ma ora siamo stanchi e provati. Dobbiamo riposare e riordinare le idee" con tono pacato il professor Lanzoni ancora una volta si era dimostrato lucido e riflessivo. Dopo la scoperta del laboratorio e dei documenti che dettagliavano gli esperimenti crudeli, il gruppo si trovava di fronte ad una scelta difficile: come affrontare la setta oscura e svelare la verità che si nascondeva dietro gli orrori dell'orfanotrofio "Ospedale degli Innocenti". Sofia, Luca e il professor Lanzoni sapevano che non potevano permettere agli orrori del passato di rimanere sepolti nell'ombra o peggio, che fossero ancora oggi in atto in qualche altro luogo del mondo. Avevano raccolto abbastanza prove per smascherare la setta, ma era necessario un piano ben congegnato per farlo. "Andiamo a casa e ci ritroviamo una volta riposati". Mentre il gruppo si scioglieva e si allontanava, la telecamera posizionata su uno dei lati dell'orfanotrofio, stava continuando a seguire i passi dei due giovani ragazzi. La sua luce rossa lampeggiante e il ronzio elettrico del movimento non lasciavano presagire nulla di buono.

LA STUDENTESSA
MODELLO

L'indomani il gruppo decise di riunirsi in un luogo affollato per scegliere le azioni da compiere. Alle spalle della caffetteria si erge una sinfonia di pietra e marmo, tra le strette stradine lastricate di storia e cultura, spicca una maestosa cupola, opera del Brunelleschi, che aveva trasformato il cielo di Firenze in un capolavoro di geometria divina. "Perché non possiamo portare tutto alla polizia?" ripeté Sofia. Era diventato chiaro che la setta oscura aveva infiltrati persino in polizia, il che rendeva il loro compito molto più complicato e pericoloso. "Dobbiamo iniziare dal dottor Guzman, è lui l'elemento cruciale della setta e di tutta questa orribile storia" prese la parola il professore dopo aver sorseggiato il caffè ed essersi sistemato gli occhiali tondi sul naso. "Entreremo nella facoltà di Biologia e Genetica e cercheremo di scoprire la verità nei suoi uffici e laboratori. Di sicuro negli anni avrà sfruttato anche le risorse dell'università per i suoi loschi scopi e, se siamo fortunati, avrà archiviato delle informazioni che possono aiutarci. Quando avremo fatto luce sull'intera vicenda e avremo sufficienti prove contro Guzman e la sua setta, faremo in modo che tutte le televisioni e giornali del mondo sappiano dei loro orrori e pongano fine agli esperimenti".

"Andiamo all'università allora, cosa stiamo aspettando?" il coraggio e la determinazione di Luca erano palpabili. "Non così in fretta, il dottor Guzman vive nella facoltà e i suoi uffici e laboratori sono inaccessibili se non si è accreditati o accompagnati; dobbiamo studiare un piano. Conosco quei posti come i palmi delle mie mani, ma non dobbiamo destare sospetti. Ho in mente una persona che fa al caso nostro, ma non vorrei coinvolgerla più del necessario".

Irene era una promettente studentessa iscritta all'ultimo anno di Storia e Filosofia e al contempo era diventata una giovane matricola della facoltà del professor Guzman. Aveva scoperto tardi la sua fremente passione per il mare e per gli oceani in particolare. Decise quindi di completare gli studi umanistici ormai prossimi al traguardo, ma aveva già cominciato a seguire la sua vera natura. Voleva diventare una biologa marina, vivere il mare come la sua seconda casa, studiare e curare squali, delfini, cetacei e tartarughe. La giovane studentessa era la migliore e la prediletta del professor Lanzoni, per il quale lei nutriva una forte stima.

Fu proprio grazie a questo legame e alla forte stima nei confronti del professor Lanzoni, che Irene accettò di aiutare il gruppo senza farsi troppe domande. Marco Lanzoni era anche un uomo premuroso e altruista e non avrebbe voluto esporre Irene a nessun rischio non necessario. Decise quindi di non rivelarle troppe informazioni che avrebbero potuto spaventarla e turbarla. Se tutto fosse andato per il verso giusto, avrebbe capito tutto dalle notizie alla televisione. Il suo ruolo non sarebbe stato né pericoloso né difficile. Lei aveva il badge autorizzato per accedere alle aree studio, agli uffici e ai laboratori della facoltà del dottor Guzman e, grazie a quello, avrebbe permesso a Luca, Sofia e al professor Lanzoni di accedere senza destare troppi sospetti. Una volta entrati poi, lei si sarebbe dileguata per non restare coinvolta nell'intrusione.

Decisero di mettere in atto il piano al termine dell'ultima ora di lezione di venerdì. Molti studenti erano pendolari ed, il venerdì al termine delle lezioni, lasciavano il campus e talvolta, anche il capoluogo toscano per raggiungere le proprie famiglie nei weekend.

All'ora stabilità Sofia e Luca, ormai inseparabili, si incontrarono appena fuori gli edifici della facoltà di Biologia e Genetica. La vecchia auto rossa di Sofia, non dava per nulla nell'occhio nel parcheggio antistante gli edifici del padiglione 2. La qualità e l'anzianità delle altre auto degli studenti universitari era certamente equivalente.

Così i due ragazzi, seduti in attesa del segnale, passavano del tutto inosservati al fiume di frequentatori che man mano scorreva e fuoriusciva dalle aule dopo il termine delle lezioni e della settimana.

Il professor Lanzoni, dall'altro lato del campus, aveva appena terminato la sua lezione. Quel giorno i suoi studenti lo considerarono un po' agitato e teso, ma quei pensieri passarono immediatamente nel dimenticatoio non appena lasciata l'aula magna di filosofia. Si mosse anch'egli e per ultimo lasciò l'aula tirandosi la grande porta a due ante. Fece fare un paio di giri alla catena, come sempre e chiuse il lucchetto. Quella volta però fu pervaso da una strana sensazione. Sentiva di non essere certo di poter riaprire quell'aula per tenere le sue conferenze e dialogare con gli studenti. Tirò un forte sospiro per darsi coraggio e si avviò verso il padiglione di biologia del collega impostore Guzman.

Irene, nonostante fosse matricola al primo anno, era la più grande del suo corso. La sua motivazione nel voler prendere due lauree contemporaneamente e la sua simpatia però, avevano fatto sì che diventasse una studentessa modello di riferimento e di supporto per tutti gli altri. Quel giorno, molti notarono che non aveva proferito alcuna parola. Era stata seduta tutto il giorno in un posto diverso dal solito, a prendere appunti durante la lezione. Tutti però pensarono che una giornata storta poteva capitare a chiunque. In realtà, Irene era concentrata sul vero obiettivo della giornata. Avrebbe dovuto mandare un messaggio con lo smartphone, non appena le aule e i laboratori fossero stati vuoti. Avrebbe poi dovuto attendere l'arrivo dei suoi complici e, una volta entrati, sarebbe uscita dall'università per recarsi normalmente a casa.

"Una passeggiata" si disse. Eppure era tesa e le mani erano madide di sudore.

Il segnale arrivò contemporaneamente ai cellulari dei due ragazzi seduti in macchina e a quello del professor Lanzoni che stava camminando con passo svelto verso i padiglioni di Biologia. Era il segnale prestabilito camuffato dalla frase in codice: "Pronti per l'aperitivo".

Anche il cellulare di Sabrina emise un tono di avviso nello stesso istante. Mise in pausa la puntata delle serie tv che stava guardando in uno delle decine di monitor che aveva di fronte a sé e aprì la notifica. "Pronti per l'aperitivo" c'era scritto. Si trovava spalle ai monitor sulla sua sedia girevole. Prese il cellulare e inoltrò il messaggio appena ricevuto. Dietro di lei, in alcuni dei molteplici monitor, delle telecamere riprendevano l'orfanotrofio "Ospedale degli Innocenti" e i suoi sotterranei. Toccò il tasto di invio col pollice mentre sorrideva. "Inoltrato a: Felix Guzman".

L'ATENEO DELLE MENZOGNE

Irene strisciò la banda magnetica nel lettore. Una luce verde seguita da un suono breve attivarono lo sblocco del meccanismo. "Buona fortuna professore e anche a voi ragazzi". Si allontanò con passo svelto sperando di aver fatto la cosa giusta. Entrarono nei corridoi e puntarono dritti ai laboratori. Speravano di trovare ulteriori prove e porre fine agli orrori degli esperimenti sui bambini. Giunsero al laboratorio di genetica ed entrarono in quel luogo proibito. Una volta dentro, chiusero la porta dietro di loro, cercando di non fare alcun rumore che potesse attirare l'attenzione. I corridoi erano vuoti e bui. Il silenzio era rotto solo dal lieve ronzio delle apparecchiature elettriche in lontananza. Il laboratorio era un luogo affascinante e allo stesso tempo inquietante. Le pareti erano rivestite di scaffali pieni di campioni biologici, provette e attrezzature scientifiche sofisticate. Un leggero odore di sostanze chimiche aleggiava nell'aria.

Fecero molta attenzione a non fare rumore. Nonostante gli inservienti per le pulizie non sarebbero arrivati prima di lunedì mattina, Felix Guzman era solito trascorrere anche interi fine settimana a lavorare nei suoi uffici e laboratori. Al centro della stanza c'erano tavoli coperti di strumenti elettronici, monitor e documenti. Sofia iniziò a cercare freneticamente tra i documenti alla ricerca di prove sugli esperimenti sui bambini dell'orfanotrofio. Luca e il professor Lanzoni esaminarono i monitor elettronici delle apparecchiature cercando indizi che potessero aiutarli.

"Penso che qua dentro non troveremo nulla di utile perché

questi laboratori sono accessibili anche agli studenti; se volesse nascondere qualcosa, Guzman lo terrebbe sicuramente nel suo ufficio privato" interruppe il silenzio Luca. "Hai ragione, non perdiamo altro tempo prezioso".

Nuovamente nei corridoi, leggevano una per una le targhette delle varie porte che si susseguivano fino a trovare quella che stavano cercando: "Direttore Dipartimento di Biologia e Genetica – Felix Guzman".

Luca aprì lentamente la porta, con il cuore che batteva a ritmo accelerato. L'ufficio del professor Guzman era un luogo che trasudava autorità e mistero. La scrivania centrale catturava immediatamente l'attenzione. Una massa imponente di legno scuro coperto da una cascata di documenti, libri e appunti scientifici. Una luce soffusa proveniente da una lampada da scrivania con un paralume verde illuminava il ripiano, creando ombre che sembravano celare misteri. Di fianco alla scrivania, due cassetti metallici dall'aspetto robusto parevano essere un posto ideale per nascondere qualcosa. Le pareti erano rivestite da librerie colme di volumi di genetica avanzata e testi scientifici. Alcuni quadri appesi alle pareti mostravano intricati schemi del DNA e del codice genetico, rivelando la passione del professore per la genetica. Tuttavia, uno dei quadri attirava particolarmente l'attenzione: una fotografia antica di Firenze che ritraeva l'orfanotrofio "Ospedale degli Innocenti". Ogni cosa nell'ufficio trasmetteva un senso di autorità, mistero e terrore. Era un luogo dove il professor Guzman aveva tessuto la trama dei suoi esperimenti illegali e dei suoi segreti oscuri. Ora, il gruppo si preparava a scrutare ogni angolo e ogni dettaglio in cerca di prove che avrebbero potuto portare alla luce la verità nascosta.

"Finalmente siete arrivati," disse Guzman con un sorriso maligno. "Sapevo che sareste venuti a farmi visita".
Sofia trasalì per la paura ed insieme agli altri si girò verso la

voce che aveva appena sentito. Era seduto su una poltrona di pelle scura alle loro spalle. La pistola che stringeva in pugno mirava minacciosa in direzione di Marco Lanzoni. "Marco, amico mio e collega. Proprio da te non mi sarei mai aspettato questo tradimento. Sono anni che ficchi il naso in faccende che non ti appartengono… o meglio, che non ti appartengono più".

Luca, Sofia e il professor Lanzoni erano intrappolati e sotto shock. Non avevano armi né alcun modo immediato per difendersi dalla minaccia del professore. "Abbiamo scoperto i tuoi esperimenti e abbiamo prove schiaccianti contro di te" disse Sofia, cercando di mantenere la calma nonostante la pistola puntata verso di lei. "Non puoi nasconderti per sempre". Guzman rise sarcasticamente. "Le prove non valgono nulla se non sopravvivete e se nessuno saprà mai che siete stati qua".

I pugni di Luca erano stretti come i suoi denti. La sua rabbia era percepibile e con un urlo violento ed uno scatto improvviso, cercò di scagliarsi contro il nemico comune. Il fuoco che bruciava dentro di lui era una fiamma viva che lo aveva spinto all'azione. Il destino, che era già stato fin troppo crudele col ragazzo nato in un orfanotrofio degli orrori, non fu gentile nemmeno in questa occasione. Guzman aveva il volto contorto dalla rabbia, dallo stupore e dalla paura. Senza esitare sparò due colpi ravvicinati. Il suono assordante dello scoppio e poi dei proiettili che fendevano l'aria, sembrò durare un'eternità. Un istante dopo, Luca crollo a terra; il sangue iniziava a spandersi e macchiare il tappeto blu scuro.

Sofia sentì cedere le gambe e cadde in ginocchio. Quell'attimo sembrò espandersi nel tempo, come se tutto il mondo stesse rallentando. Era in preda alla rabbia e al furore, me sentiva anche una strana rilassatezza e lucidità. Qualcosa dentro di sé ribolliva dalle viscere come se si stesse risvegliando. Si rialzò lentamente ed esplose in una fragorosa risata isterica. I suoi occhi erano vitrei, di un azzurro intenso che riempiva non soltanto l'iride, ma tutta la pupilla. La sua risata divenne sempre più potente e rapida, fino a fondersi in un unico assordante e intenso urlo. Un bagliore bianco, accecante e improvviso esplose dentro la stanza scaraventando per terra i due professori nemici. Marco si nascose dietro la possente scrivania scura e osservava sbalordito la scena, mentre Guzman finì dritto contro il muro alle sue spalle e cadde per terra con una smorfia di dolore.

Gli occhi di Sofia si illuminarono della stessa intensa luce bianca. Sembrava completamente assente, come in uno stato di trans profonda. Le sue mani tremavano e il suo corpo vibrava di energia. Guzman era terrorizzato e non perse tempo a rialzarsi per scappare in direzione della porta semichiusa dell'ufficio. La porta si chiuse violentemente in una frazione di secondo provocando un rumore sordo.

"Tu non puoi fuggire!" era un boato che sembrava provenire da un altro mondo più che una voce. Si voltò nuovamente verso il centro di ciò che rimaneva del suo ufficio. Sofia era sospesa a mezz'aria, avvolta da un bagliore luminoso e con la mano ancora tesa in direzione della porta che aveva fatto chiudere. Era come se il mondo intorno a lei si piegasse alla sua volontà, come se avesse il controllo su ogni cosa. Scomparve nel nulla e nello stesso istante Guzman si sentì soffocare come se qualcuno lo stesse strozzando. Sofia era riapparsa proprio alle sue spalle; con entrambe le mani gli stringeva il collo e lo sollevava da terra. Era una forza immensa e furiosa che si scatenava e manifestava sfidando ogni spiegazione razionale. Le ossa del professore iniziarono a scricchiolare e il volto era pallido per l'asfissia e per il terrore.

"Sofia! Ti prego no!" il professor Lanzoni cercò di alzarsi e far tornare in sé la ragazza. "Non farlo, non puoi ucciderlo! Noi non siamo come lui, ti prego ascoltami".

Con un briciolo di riacquista lucidità Sofia rispose con voce quasi umana: "Tu non immagini nemmeno cosa mi hanno fatto da bambina in quell'orfanotrofio! Per questo lui la pagherà!". In quel momento i piedi di Guzman si sollevarono ancora di più dal pavimento e le sue ossa presero a incrinarsi e scricchiolare ulteriormente.

"No Sofia! Io so cosa ti hanno fatto, anche io ero un orfano come te e anche io sono nato come una copia selezionata. Hanno fatto esperimenti anche su di me. Ti prego, fermati"! La voce del professor Lanzoni tradiva un certo tipo di pentimento e dispiacere.

Sofia, o quel che era diventata, allentò la presa e tornò a poggiare i piedi sul pavimento insanguinato. Guzman cadde a terra in preda a tosse e fame d'aria. I dolori alle ossa rotte erano lancinanti e, ad ogni respiro, sentiva qualche tessuto interno lacerarsi ancor di più. Gli occhi di Sofia ripresero un colorito distinto ed il bagliore intorno al suo corpo stava svanendo. Si accasciò a terra come fosse svenuta. Quell'enorme energia l'aveva completamente consumata ed esaurita. Il suo corpo giaceva immobile sul tappeto blu insanguinato. Il professor Lanzoni si precipitò verso di lei preoccupato, ma la voce flebile di Sofia lo rassicurò: "Sto bene prof, fai arrestare Guzman e la setta oscura". Crollò addormentata incosciente.

Con passi lenti e silenziosi, Lanzoni si avvicinò alla scrivania del collega ormai senza forze e inoffensivo. Andò a colpo sicuro ed aprì uno dei cassetti metallici con una chiave che aveva nel taschino interno della giacca. Prese una piccola agenda rossa e se la mise in tasca. Tirò fuori il cellulare e chiamò il 112. "Mi trovo alla facoltà di biologia di Firenze, mandate subito i soccorsi. Ci sono feriti gravi e due cadaveri. Fate presto, vi prego". La sua voce tradiva anche questa volta delle emozioni controverse. Si abbassò accanto al collega mentre il viso era stranamente illuminato da una espressione sinistra.

"Amico mio, te l'avevo detto che avremmo dovuto interrompere gli esperimenti tanti anni fa e vendere questi due prototipi evoluti; ma tu non mi hai dato retta e ho dovuto lavare col fuoco tutti i tuoi peccati e l'orfanotrofio. Ora essi saranno la causa della tua fine". La mano forte e decisa a coprire bocca e naso di Guzman, fece esalare l'ultimo mortale respiro al suo ex collega non solo di università, ma anche della setta oscura.

Appena fuori dalla facoltà, il riecheggiare sempre più vicino di sirene e luci lampeggianti. La porta di ingresso del corridoio esterno si frantumò in mille pezzi e gli allarmi antintrusione iniziarono a suonare. Le forze dell'ordine erano evidentemente sprovviste di badge di accesso. Gli operatori medici con le barelle e le attrezzature di soccorso seguirono subito dopo.

FINE O INIZIO?

Diverse settimane erano trascorse da quei giorni tumultuosi che avevano sconvolto la loro vita. Luca aveva miracolosamente recuperato dalle sue ferite e, sebbene avesse dovuto affrontare diversi interventi e un percorso di riabilitazione molto lungo e faticoso, la sua nuova acquisita forza interiore, lo aveva aiutato a superare le difficoltà. Sofia era rimasta al suo fianco in ospedale per tutto il tempo e aveva instaurato un profondo legame con lui, qualcosa che andava oltre la semplice riconoscenza o amicizia. La loro esperienza sembrava predestinata a farli incontrare e unirli in modo indissolubile.

Nella stanza dell'ospedale, la piccola TV posta su una mensola, riportava costantemente su tutti i canali, la storia del professor Felix Guzman e della setta oscura. Le nazioni di tutto il mondo erano rimaste sconvolte dalle rivelazioni e indignate per gli abusi commessi contro i bambini e i cloni umani. La pressione dell'opinione pubblica aveva spinto le autorità a intensificare gli sforzi per assicurare alla giustizia tutti i membri della setta oscura coinvolti negli esperimenti crudeli. La setta fu smantellata pezzo per pezzo, i suoi membri arrestati e interrogati così da risalire ad ogni possibile collegamento. I laboratori vennero sequestrati e gli esperimenti interrotti. Le prove raccolte dal professor Lanzoni e dal gruppo si erano rivelate fondamentali per gettare luce sugli orrori commessi. Di Marco Lanzoni si erano perse le tracce, sembrava scomparso nel nulla. Nessuno sapeva dove fosse andato o quali fossero state le sue intenzioni. Il suo misterioso allontanamento gettava un'ombra di incertezza su una vicenda già troppo intricata. Si pensò che rimase vittima di qualche vendetta da parte di un membro della setta oscura prima che venisse arrestato, ma nessuno confermò mai la versione durante gli interrogatori.

Era stato anch'egli uno dei membri della setta, ma fu in grado di uscirne, combatterla e riscattarsi. Anche se risultava irreperibile, restava ancora l'ultimo ricercato di quell'assurdo crimine durato per decenni.

Sotto il cielo stellato di una notte serena, Sofia e Luca si trovavano seduti sulla spiaggia in riva al mare. Le onde si infrangevano dolcemente e l'aria era pervasa dal suono rilassante della natura. Ogni tanto ne riparlavano e ci riflettevano anche se si erano promessi di dimenticare le loro origini e quella storia orribile. Sofia fissò il mare scuro e con voce calma disse: "Non so cosa siamo e come siamo nati, possiamo credere di essere degli oggetti o dei pupazzi, ma io sono sicura dei miei sentimenti. Se l'amore non è questo, non posso immaginare allora cosa sia e mi dispiace per chi non ha mai provato quello che io sento per te".

Luca annuì emozionato, affondando le mani nella sabbia. Sorrise a Sofia, i suoi occhi splendenti di gratitudine e amore. "Continueremo a camminare insieme. Noi siamo e saremo ciò che decidiamo di essere. Abbiamo affrontato le tenebre con la luce dei nostri cuori e andremo avanti così, insieme".

Il loro intenso abbraccio venne interrotto dal suono di una notifica inattesa sul cellulare di Sofia. I suoi occhi tradivano un immenso senso di stupore e incredulità. Mentre leggeva, il suo cuore si fermò per un attimo.

"La vita è un mistero da svelare. Ogni passo che facciamo è parte del nostro cammino verso la verità. Ho fatto degli errori imperdonabili e per questo non esisterò più. Continuate a vivere, a lottare e a credere in voi stessi. Le vostre anime sono vere e lo saranno per sempre. Siete ciò che sceglierete di essere. Grazie per avermi dato la possibilità di redimermi. Sono fiero di voi. Marco".

INFORMAZIONI SULL'AUTORE

Vincenzo Bello

Classe 1984, è uno scrittore appassionato, un curioso ricercatore ed un pensatore critico che ha dedicato gran parte della sua vita allo studio dello sport, della salute e del benessere psicofisico. Inoltre si è dedicato all'analisi della psicologia, sociologia e della società digitale moderna.

Laureato in Scienze Organizzative e Gestionali, laureando in Biologia. Autore e creator di diversi blog che affrontano diverse tematiche sportive e sociologiche.

Con questo romanzo si cimenta per la prima volta nella narrativa per adolescenti, ma allo stesso tempo rimane fedele alla sua natura di divulgatore e comunicatore. I messaggi da lasciare infatti, sono alla base di tutti i suoi contenuti.

LIBRI DI QUESTO AUTORE

Sotto Il Velo Dei Social Network: Onlyfans, Etica E L'anima Digitale

Nel mondo digitale in continua evoluzione, dove la tecnologia si intreccia sempre più con la nostra vita quotidiana, esplorare l'impatto dei social network è diventato cruciale.

Printed in Great Britain
by Amazon

28146676R10030